AF455009

OBSERVATIONS

PRÉSENTÉES

PAR LES LIBRAIRES

PROPRIÉTAIRES DES LIVRES D'ÉGLISE

A L'USAGE DU DIOCÈSE DE PARIS,

A L'OCCASION DU PROJET DE LOI ADOPTÉ PAR LA CHAMBRE DES PAIRS
SUR LA PROPRIÉTÉ LITTÉRAIRE.

PARIS.
ADRIEN LE CLERE ET Cie,
IMPRIMEURS DE N. S. P. LE PAPE ET DE Mgr L'ARCHEVÊQUE,
RUE CASSETTE, N. 29, PRÈS SAINT-SULPICE.

1840.

OBSERVATIONS

PRÉSENTÉES

PAR LES LIBRAIRES

PROPRIÉTAIRES DES OUVRAGES D'ÉGLISE

A L'USAGE DU DIOCESE DE PARIS,

A L'OCCASION DU PROJET DE LOI ADOPTÉ PAR LA CHAMBRE DES PAIRS SUR LA PROPRIÉTÉ LITTÉRAIRE.

Le Gouvernement, en présentant aux Chambres le projet de loi relatif à la *Propriété littéraire,* s'est proposé de « réunir sous le même titre tous les produits de la pensée, qui avoient fait jusqu'ici l'objet de dispositions spéciales, sans connexité entre elles, de résoudre toutes les difficultés de la matière, et de satisfaire à tous les intérêts qui se rattachent à la propriété littéraire (1). »

(1) Exposé des motifs du projet de loi relatif à la propriété littéraire, présenté à la Chambre des Pairs par M. le Ministre de l'Instruction Publique, dans la séance du 5 janvier 1839.

Ces intérêts nombreux et variés, comme les productions mêmes de la pensée, ont tous droit à une égale protection. C'est à cette condition seulement que la loi proposée deviendra le code de la propriété littéraire.

Déjà, l'attention du Gouvernement a été appelée sur l'art. 5 du projet adopté par la Chambre des Pairs dans *les modifications proposées à ce projet, et les observations* qui lui ont été présentées par des *Libraires de Paris.*

« De nombreuses difficultés, disent ces Li-
» braires, s'élèvent chaque jour sur l'applica-
» tion du décret du 7 germinal an XIII, concer-
» nant les livres d'Eglise, Heures et Prières, pu-
» bliés par les Evêques, pour l'usage de leurs
» diocèses. N'y auroit-il pas lieu de fixer la lé-
» gislation à cet égard (1)? »

Les Soussignés, propriétaires des livres publiés pour l'usage du Diocèse de Paris, sont, à ce titre, intéressés à la solution des difficultés qui ont pu s'élever sur l'application du décret du 7 germinal an XIII.

En se joignant au vœu déjà exprimé par leurs confrères les Libraires de Paris, ils présentent à la Chambre des Députés les considérations suivantes, qui leur paroissent devoir éclairer la question.

(1) *Observations des Libraires de Paris*, pag. 6.

Les ouvrages désignés par le décret du 7 germinal an XIII, sous le nom de livres d'*Église*, d'*Heures* et *Prières*, sont de divers genres.

On range dans cette classe :

1° Les livres qui renferment l'exposition de la doctrine de l'Église Catholique enseignée par les Prêtres, avec l'autorisation des Evêques : ce sont les *Catéchismes;*

2° Les livres liturgiques qui contiennent les formes et les cérémonies prescrites pour l'administration des sacremens et l'ordre du culte, c'est-à-dire les *Rituels*, les livres de Prières spécialement destinés aux Prêtres, tels que les *Missels*, où sont contenues les Prières pour la célébration de la Messe; les *Bréviaires*, qui renferment les Offices, les Leçons de l'Ecriture et des Pères, et les Canons dont la récitation quotidienne est prescrite aux Prêtres; les *Livres de chant*, composés pour l'usage des Eglises et les Offices solennels;

3° Enfin, les livres de Prières à l'usage des laïques, et qui sont extraits du *Bréviaire*, du *Missel*, du *Rituel*, et quelquefois des *livres de chant*, avec ou sans traductions en langue vulgaire.

L'ensemble de ces livres renferme l'enseignement de la doctrine qui est essentiellement du ministère des Evêques, et l'ordre des cérémonies à observer pour l'administration des sacremens et l'exercice du culte : matières dont le réglement et la surveillance sont également du ministère des Evêques (1).

Aussi, le soin de composer ces livres, et d'en surveiller l'impression a toujours été remis aux Evêques.

Cette surveillance est un de leurs devoirs les plus importans ; car elle garantit la pureté de la doctrine contre les atteintes de tout genre qui peuvent l'altérer dans ces livres, qui, émanés de l'Evêque, ont toujours un caractère officiel. On remarque que plusieurs conciles de France, en rappelant aux Evêques ce devoir, leur prescrivent surtout de retrancher des livres d'Église les légendes fabuleuses « ou les cérémonies qui pourroient favoriser » la superstition, et d'avoir soin qu'on n'y insère » rien que d'édifiant et d'utile pour ceux qui doi- » vent réciter l'Office divin (2). »

Ces livres, spécialement employés à l'*usage des Diocèses*, ont reçu le nom abrégé d'*Usages*.

Ils ne peuvent être confondus avec les ouvrages qui traitent des matières de religion et de contro-

(1) Fleury, *Institution au Droit ecclésiastique*, 1re partie, chap. 12 ; 2e partie, chap. 3.

(2) De Héricourt, *Lois ecclésiastiques*, 2e partie, chap. du *Service Divin*, nº 10.

Voy. en outre les décisions des conciles de Reims, de Sens, de Bourges et de Tours, tenus en 1523, 1528, 1564 et 1583. Ces décisions sont réunies dans *les Mémoires du Clergé*, t. V, pag. 1506 et suiv.

verse, et dont la composition est abandonnée aux inspirations, au goût et aux penchans de chacun, parce qu'ils n'ont pas le caractère officiel qui est propre aux *Usages*.

Les Evêques sont quelquefois auteurs des livres à l'usage de leurs Diocèses (1). Souvent aussi ils publient, avec quelques changemens ou améliorations, ceux qui ont été composés par leurs prédécesseurs; mais toujours ils ont à accomplir, sur ces livres, la mission de surveillance qui est au nombre de leurs devoirs les plus essentiels.

La législation ancienne garantissoit aux Evêques l'exercice du droit de surveillance, par des dispositions spéciales qui leur assuroient la propriété des *Usages*. Ainsi, les Evêques exerçoient à l'égard de ces livres tous les droits d'auteurs. Les priviléges qu'ils obtenoient pour l'impression étoient toujours accordés ou renouvelés suivant les besoins (2). La propriété attachée non pas à l'Evêque, mais au siége qu'il occupoit, étoit de sa nature illimitée dans sa durée; aussi, le privilége étoit-il continué lors même que le livre ne présentoit pas l'augmentation du quart, condition nécessaire d'après l'arrêt du Conseil du

(1) On peut citer, entr'autres, le Catéchisme composé par Bossuet pour son Diocèse, qui a servi de modèle au plus grand nombre de ceux qui ont été faits depuis, et au Catéchisme de l'Empire.

(2) Edit. du 4 juin 1674.

30 août 1777, pour obtenir cette continuation lorsqu'il s'agissoit de tout autre livre (1).

Les Évêques, qui ne pouvoient entrer dans les détails d'impression et de publication des *Usages* pour s'en faire les éditeurs, cédoient leurs droits à des imprimeurs de leur choix, à qui ils imposoient des conditions qui avoient pour objet d'assurer l'exercice de la surveillance, le débit à un prix modéré des livres nécessaires au clergé et aux laïques, et en outre l'impression et la publication de certains livres, par exemple des livres de chant, dont la composition exige de grandes dépenses, et qui sont toujours d'un débit long et difficile.

Les procès-verbaux des assemblées du Clergé établissent l'existence de sociétés de Libraires, qui s'étoient formées pour l'impression et la publication des *Usages*, et les conventions intervenues à cet effet entre le Clergé et les Libraires, en 1606, 1631 et 1695 (2).

La société de Libraires qui existe aujourd'hui pour la publication des Usages du Diocèse de Paris, est la continuation de celle qui fut formée en 1734 à la suite de la cession qui avoit été faite à l'imprimeur-libraire Simon, par l'Archevêque de Paris et son Chapitre, de leurs droits sur les livres à l'usage du Diocèse.

(1) *Voy.* l'arrêt du Conseil du 30 août 1777, art. 13.

(2) Procès-verbaux du Clergé, t. II, pag. 43 et 829.

Les Libraires ont exercé leurs droits sans contestation et sans trouble pendant toute la durée du siècle dernier.

Cependant les dispositions de l'ancienne législation sur la propriété des ouvrages de l'esprit ont été remplacées par la loi du 19 juillet 1793.

Cette loi gardoit le silence sur les livres *à l'usage des Diocèses.*

Le besoin d'une législation spéciale se fit sentir aussitôt que le culte catholique fut rétabli par le concordat de l'an x. A cette époque, on imprima de toutes parts des Catéchismes, des livres d'Église, d'Heures et Prières ; mais ces impressions, faites à la hâte et dans un esprit de pure spéculation, sans le contrôle et la surveillance des Évêques, contenoient de graves erreurs. Les Evêques réclamèrent contre cette violation de leurs droits. M. Duvoisin, alors évêque de Nantes, à qui l'on avoit contesté le droit de choisir un imprimeur pour la publication du Catéchisme de son Diocèse, porta ses plaintes au Gouvernement.

M. Portalis, Ministre des Cultes, lui écrivit, le 14 ventôse an XII, une lettre qui le rassuroit dans les termes suivans :

« Vous avez bien le droit, Monsieur l'Évêque, » de donner à l'imprimeur que vous choisissez » votre confiance exclusive pour la publication » de votre Catéchisme. Non-seulement les correc- » tions que vous avez faites à celui d'un de vos

» prédécesseurs, en ont fait votre propre ouvrage ;
» mais votre seule approbation auroit suffi pour
» cela, puisque vous devenez responsable de ce
» qu'il contient, et que le choix d'un imprimeur
» est une des précautions que vous devez prendre
» pour garantir votre responsabilité. »

La Cour de Cassation proclamoit le même principe à cette époque, dans un arrêt du 29 thermidor an XII, et déclaroit que les Evêques étant, ainsi que les autres auteurs, responsables des ouvrages imprimés et distribués sous leur nom, il étoit impossible de leur ôter le droit d'en surveiller l'édition, et de donner leur confiance à un imprimeur.

Ces principes, sanctionnés déjà par l'imposante autorité de Portalis et de la Cour de Cassation, acquirent bientôt force de loi dans le décret du 7 germinal an XIII, qui porte :

ARTICLE 1er.

Les livres d'Eglise, les Heures et Prières ne pourront être imprimés ou réimprimés que d'après la permission donnée par les Evêques diocésains, laquelle permission sera textuellement rapportée et imprimée en tête de chaque exemplaire.

ART. 2.

Les imprimeurs-libraires, qui feroient imprimer, réimprimer des livres d'Eglise, des Heures ou Prières, sans avoir obtenu cette permission, seront poursuivis conformément à la loi du 19 juillet 1793.

Ce décret étoit rendu sur un rapport de M. Portalis, Ministre des Cultes, qui s'exprimoit ainsi :

« La loi rend les auteurs de quelque ouvrage » que ce soit responsables de leurs écrits; les Evê» ques le sont de ceux qui traitent de la doctrine » ecclésiastique. Et comment pourroient-ils l'être, » si, comme les autres auteurs, ils ne sont pas » libres de choisir exclusivement leurs impri» meurs et libraires, et si ceux-ci peuvent impu» nément s'approprier l'impression des livres d'E» glise? Si cette impression ou réimpression n'est » pas soumise à l'inspection des Evêques, bientôt, » comme cela vient d'arriver à Meaux, les impri» meurs dénatureront les ouvrages qu'ils publie» ront; la doctrine sera en péril, et les erreurs les » plus graves et les plus dangereuses se propage» ront. L'article 1er de la loi du 19 juillet 1793 » accorde aux auteurs la propriété de leurs écrits » pendant leur vie entière. Cette disposition doit » être indéfinie relativement aux livres d'Eglise » et de Prières. Les droits résultant de la pro» priété ne doivent pas seulement appartenir aux » Evêques auteurs de ces livres; mais, sous le rap» port de la surveillance, ces droits doivent s'éten» dre à tous les Evêques successeurs. Il est ici

» question d'instruction, de doctrine : les Évêques » en sont juges, et ils sont toujours et successive- » ment, l'un après l'autre, responsables de celles » qui se répandent sous leur juridiction ; dès lors » ils doivent conserver inspection sur la réimpres- » sion des livres d'Eglise de leurs prédécesseurs, » afin de ne pouvoir échapper à la responsabi- » lité (1). »

Le rapport de M. Portalis fixoit assurément le sens du décret du 7 germinal an XIII. Le décret attachoit aux siéges épiscopaux la propriété des livres d'Église et de Prières. Il ne peut d'ailleurs rester aucun doute à cet égard, lorsqu'on voit l'article 2 punir les contraventions des peines portées par la loi du 19 juillet 1793 contre les contrefacteurs.

Les Archevêques et Évêques ainsi maintenus dans leur droit de propriété l'ont cédé comme par le passé, et pour les mêmes motifs, à des imprimeurs et libraires de leur choix.

Cependant plusieurs de ces libraires ont été troublés dans les droits qui leur étoient assurés par ces cessions.

Des imprimeurs-libraires qui n'étoient pas cessionnaires des Évêques ont imprimé des livres à l'usage des Diocèses sans la permission des Évêques.

(1) *Voy.* le Rapport dans le *Traité des Droits d'auteurs*, par Renouard, t. Ier, pag. 342.

Ces faits ont provoqué des actions judiciaires de la part des Libraires cessionnaires.

Les tribunaux ont eu à interpréter le décret du 7 germinal an XIII.

Leurs décisions sur cette interprétation ont varié.

La Cour de Cassation, par deux arrêts des 30 avril 1825 et 23 juillet 1830 (1), déclare que les Évêques exercent sur les livres désignés par le décret les droits d'auteurs et de surveillans. En conséquence, ces arrêts maintiennent comme valables les cessions faites par les Évêques.

Mais depuis, d'autres arrêts des cours royales de Colmar du 6 août 1833, d'Amiens du 14 décembre 1835, et un arrêt de la Cour de Cassation du 28 mai 1836, n'ont reconnu aux Évêques qu'un droit de *surveillance et de censure* sur les livres d'Eglise. Suivant ces arrêts, les Évêques n'ont un droit de *propriété* que sur les livres dont ils sont auteurs. L'impression des autres livres est abandonnée à la libre concurrence, sauf aux imprimeurs à soumettre leurs publications à l'approbation des Évêques.

En conséquence, les cessions faites par les Evêques à des imprimeurs de leur choix, de la pro-

(1) Cet arrêt rejetoit le pourvoi formé contre un arrêt de la Cour royale de Paris, rendu sur la plaidoirie de feu M. Hennequin, dont les savantes recherches sont reproduites dans ce Mémoire.

priété des livres d'Eglise dont ils n'étoient pas auteurs, sont sans valeur ; elles n'ont pas créé de droits pour les cessionnaires.

Il n'y a pas lieu de rappeler ici les motifs de ces arrêts, et de les comparer ; il suffit aux soussignés d'avoir constaté l'état de la jurisprudence. Les tribunaux, les jurisconsultes sont partagés : la Cour de cassation a modifié sa jurisprudence sur une question grave. Cette incertitude de la jurisprudence porte un préjudice notable à des intérêts consacrés, pour quelques-uns des soussignés, par une jouissance plus que séculaire.

La question est, sans contestation, du nombre de celles qui doivent être résolues par la loi nouvelle sur la propriété littéraire.

Les soussignés exposent, dans les considérations suivantes, les motifs qui leur paroissent devoir faire résoudre la question d'une manière nette et précise, dans le sens qui déjà a été déterminé par M. Portalis. Ils demandent à la loi nouvelle la consécration de la validité des cessions qui leur ont été faites.

Cette solution leur paroît devoir être comprise dans l'article 5 de la loi, au moyen d'une addition au texte de cet article.

Les développemens qui précèdent établissent

l'origine du droit de propriété des Evêques sur les livres à l'usage de leurs Diocèses.

M. Portalis a montré le lien intime qui rattache le droit de propriété au droit de surveillance et d'inspection dont il est la seule garantie.

Ce droit est encore le seul moyen que la loi puisse fournir pour garantir la responsabilité des Évêques.

Nous ajouterons seulement à ces considérations, que nous ne pourrions qu'affoiblir en les reproduisant, que, dans chaque Diocèse, les Prêtres et les laïques ont eux-mêmes un grand intérêt à la consécration du droit de propriété des Evêques, qui, en rendant la surveillance efficace, assure la pureté des textes, et permet aux fidèles de distinguer l'enseignement orthodoxe et approuvé par l'Eglise, des doctrines qui lui sont contraires, chose essentielle pour les Prêtres et les pères de famille qui ont à cœur de livrer à ceux qu'ils instruisent la pure doctrine de la foi et des mœurs.

D'ailleurs le droit de surveillance n'est et ne peut être contesté par personne; il est proclamé et reconnu par tous les monumens de la jurisprudence.

Il ne paroît pas non plus nécessaire de faire remarquer que la liberté de la presse n'est nullement engagée dans cette discussion, où il ne s'agit que de livres d'Eglise, d'*Usages*, et non des ouvrages de religion ou de controverse : ces ouvrages restent dans le droit commun.

Cependant le droit de surveillance, reconnu nécessaire, indispensable par tous ceux qui ont examiné la question, ne peut être exercé avec efficacité ; la responsabilité des Évêques ne peut être couverte, si le choix d'un imprimeur à l'exclusion de tout autre ne leur est pas permis.

Comment, en effet, exercer cette surveillance dont les moyens sont restreints et bornés, et qui cependant doit s'étendre sur tous les points du Diocèse, en présence de la libre concurrence ?

Plusieurs Diocèses ont une vaste étendue ; il sera la plupart du temps impossible aux Evêques de surveiller et de faire surveiller tous les livres, toutes les éditions qui seront publiées à de grandes distances du chef-lieu de l'administration.

Personne n'ignore que l'omission la plus légère, ou l'addition en apparence la moins importante, peuvent dénaturer la pureté des textes, et renfermer des erreurs condamnées par l'Eglise. Puis, et ce danger est plus grave encore, car il n'est pas sans exemple, l'impression des livres d'Eglise peut être entreprise dans les vues d'un prosélytisme qui, cherchant à glisser partout ses doctrines et ses systèmes, ne manqueroit pas de soustraire à la surveillance des Évêques des textes altérés et corrompus.

Les Évêques n'ont plus à craindre ce danger,

s'ils ont la faculté de choisir un imprimeur investi de leur confiance, et à qui ils imposent des conditions au moyen desquelles l'altération des textes devient impossible.

Cependant le choix d'un imprimeur ne peut appartenir à l'Évêque, que s'il est propriétaire du livre. Le simple droit de surveillance et de censure ne lui donne pas cette liberté. Il est remarquable que, sous l'ancienne législation qui ne défendoit la propriété littéraire que par les priviléges, la nécessité d'empêcher l'altération des textes étoit le motif pour lequel les priviléges étoient accordés aux Évêques. « Ces priviléges, » dit Bossuet dans un Mémoire sur les réglemens de l'imprimerie (1), « se donnent sans examen, et on » les demande pour trois raisons : premièrement, » afin que les actes des Évêques demeurent tou» jours éclairés par la puissance publique ; secon» dement pour faire foi qu'il n'y a aucune falsifi» cation, et que les ouvrages sont véritablement » des Évêques ; troisièmement *pour empêcher » qu'ils ne soient contrefaits et en danger d'être » altérés, ce qui regarde aussi la sûreté des li» braires et la commodité du débit.* »

Les inconvéniens que nous venons de signaler n'ont pas échappé aux tribunaux saisis de la

(1) OEuvres complètes de Bossuet. Ed. Lefèvre, t. II, pag. 639.

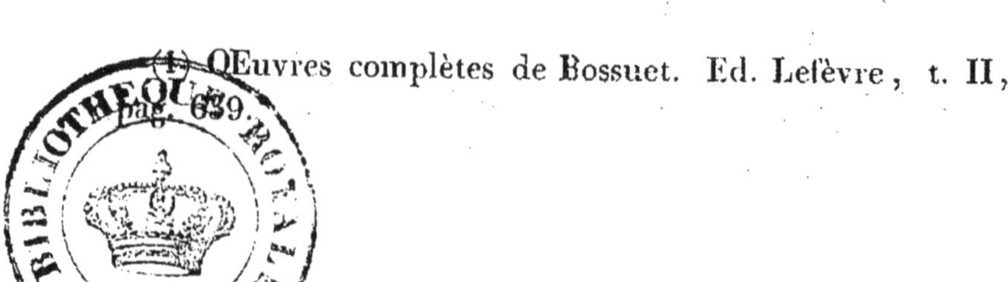

question. Aussi tous les arrêts, même les plus récens, s'accordent-ils à reconnoître aux Évêques le droit de surveillance et d'inspection. Mais en écartant le choix exclusif d'un imprimeur, la jurisprudence mène à cette conséquence, que les Évêques ne seront pas libres de refuser l'autorisation toutes les fois que l'exemplaire qui leur sera présenté par un imprimeur, quel qu'il soit, ne renfermera rien de contraire à l'enseignement orthodoxe. Mais, indépendamment de ce que la fidélité d'un exemplaire ne garantit pas la fidélité de ceux qui suivent, et qui peuvent être altérés par des interpolations ou par l'addition de cartons, et que cette garantie ne peut exister que dans l'imprimeur même, on comprend sans peine les graves inconvéniens qui peuvent naître de cette position de l'Évêque qui ne sera plus libre de refuser une permission, et qui, dans l'exercice de ses droits les plus sacrés, se verra engagé dans un fâcheux conflit avec l'intérêt des imprimeurs.

L'examen attentif de la question traitée dans ce Mémoire, et surtout l'expérience qui a été faite dans ces temps derniers, démontrent sous un nouveau rapport la nécessité de la consécration du droit de propriété des Évêques.

Parmi les livres à *l'usage des Diocèses*, il en est dont le débit est prompt et facile à raison du grand nombre de ceux à qui ils sont destinés. Tels sont, par exemple, les Catéchismes et les livres d'Eglise pour les laïques. Ces livres d'ailleurs s'impriment à peu de frais, et offrent des bénéfices assurés aux imprimeurs.

Mais il n'en est pas de même des autres livres, tels que les Bréviaires, les Rituels, et les ouvrages de grand format, par exemple les Missels pour les autels, et surtout les livres de chant pour le chœur, qui, à raison du format, du caractère et du papier, ne sont publiés qu'à très-grands frais, tandis que le débit en est lent. Car ces livres ne se renouvellent qu'à de longs intervalles (1). Autrefois, les libraires cessionnaires des Évêques ne pouvoient les imprimer avec leurs seules ressources. Les procès-verbaux des assemblées du Clergé font foi qu'en 1695 le Clergé prêta à ces libraires 3,000 livres *pour leur aider à imprimer les livres de chant d'Église* (2).

Les cessionnaires de la propriété des Usages pouvoient encore s'indemniser de ces frais par un autre moyen. On voit en effet que le privilége du Roi pour l'impression des Usages du Diocèse de Paris, notés et non notés, latins et latins français, tant pour les Ecclésiastiques que pour les laïques,

(1) Les Libraires associés pour les Usages de Paris ont encore en magasin des *in-folio* imprimés en 1736.

(2) Procès-verbaux du Clergé, t. II, pag. 829.

fut concédé en 1734 pour vingt-cinq années, par ce motif que « l'entreprise si utile au Dio- » cèse de Paris exigeoit des avances considérables, » et que *les livres de chant étoient d'une très- » grande dépense et d'un long débit* (1). »

Rien n'est changé à cet égard. L'impression des livres de chant d'Eglise exige toujours des avances énormes, dont le recouvrement est long et difficile à raison de la lenteur du débit, et encore le débit est-il rendu plus lent par la diminution du nombre des Églises, des Paroisses et des Communautés religieuses.

Aussi ces livres ne sont pas ceux dont la libre concurrence s'est dernièrement emparée. Les raisons que nous venons d'indiquer les tiennent en dehors des spéculations, tandis que les autres livres sont imprimés et publiés à l'envi.

D'un autre côté, les libraires cessionnaires sollicités d'imprimer les livres de chant ont dû s'y refuser, en présence des arrêts récens qui détruisoient leur propriété. Dans cet état, il n'y avoit plus aucune compensation aux charges qu'ils se seroient imposées en publiant ces livres.

L'impression des livres de chant, qui sont cependant si nécessaires à la solennité du culte, se trouve

(1) *Voy.* les priviléges accordés à cette époque, et qui se trouvent reproduits aux Bréviaires, Missels et Eucologes, imprimés en 1736, 1738, 1741 et 1761.

par suite délaissée à la fois et par les libraires cessionnaires et par leurs concurrens.

Les Évêques ne peuvent en pourvoir leurs Eglises, ou ils sont contraints de faire, pour les composer, de grands sacrifices, et d'employer à ces impressions des ressources dont ils pourroient faire un emploi plus profitable sans doute à leurs Diocèses.

Ces graves inconvéniens cessent du moment où le droit de propriété des Évêques sur *tous* les livres à l'usage de leurs Diocèses est reconnu. Car, au moyen de la cession qu'ils font de leur propriété aux libraires, ceux-ci trouvant l'indemnité de leurs avances et de leurs frais dans l'impression des livres d'un débit prompt et facile, ne peuvent refuser d'imprimer les livres de chant.

Enfin, et cette considération se rattache à la précédente, les cessions faites aux Libraires par les Evêques ne sont pas sans avantage pour les Prêtres et les laïques à qui sont destinés les *Usages*. Au moyen de la compensation qui se fait des charges avec les bénéfices, les Evêques, qui stipulent dans l'intérêt de leurs Diocèses, peuvent fixer aux livres à l'usage de leurs diocésains un prix modéré, qui mette à la portée des plus humbles les livres dépositaires des enseignemens et des consolations de la Religion.

Faut-il ajouter que la propriété des *Usages*

n'est pas réclamée ici dans l'intérêt des personnes; elle est attachée aux Siéges épiscopaux avec lesquels elle se transmet aux Evêques de successeurs en successeurs.

Une dernière considération résume ce travail, et paroît mériter l'attention des esprits sérieux : elle est tirée de cette circonstance remarquable, que le droit de propriété des Evêques a été sanctionné par la loi, à des époques et sous des influences bien diverses, en 1674, en 1777, en l'an XII, en l'an XIII.

Cet accord si rare des législateurs de tous les temps n'atteste-t-il pas que le droit, dont on demande aujourd'hui la consécration par la loi nouvelle, a sa base dans la Religion même dont il est le libre et naturel développement? Les soussignés ne sont-ils pas fondés à exprimer ici la confiance que ce droit recevra une nouvelle sanction des législateurs qui ont la mission d'achever le monument que la France élève à la propriété littéraire?

Les soussignés s'appuient des considérations qui viennent d'être développées, pour proposer l'addition, à l'art. 5 du projet de loi sur *la Propriété Littéraire*, d'un paragraphe ainsi conçu, et qui seroit le dernier :

« Les Diocèses sont propriétaires des Catéchismes, livres d'Église, Heures et Prières à leur usage. »

« Ces livres ne peuvent être imprimés ou réimprimés sans la permission des Archevêques et Évêques diocésains, qui ont la faculté d'en céder la propriété à des imprimeurs-libraires de leur choix. »

DEHANSY,

ADRIEN LE CLERE ET Cie,

TOULOUSE.

PARIS. — IMPRIMERIE D'ADRIEN LE CLERE ET Cie,
RUE CASSETTE, 29, PRÈS SAINT-SULPICE.

www.ingramcontent.com/pod-product-compliance
Ingram Content Group UK Ltd.
Pitfield, Milton Keynes, MK11 3LW, UK
UKHW021048260726
13994UKWH00005B/2399

9 782329 161211